Birgit Dammer

Cold Wings I

Das schwarze Fohlen

Machtwortverlag

Bibliografische Information Der Deutschen Bibliothek
Die Deutsche Bibliothek verzeichnet diese Publikation in der Deutschen Nationalbibliografie; detaillierte bibliografische Daten sind im Internet über http://dnb.ddb.de abrufbar

Machtwortverlag * Orangeriestr. 31a * 06847 Dessau
Tel.: 0340-511558

Bilder, Texte: Birgit Dammer
Satz, Cover und Layout: Grafikstudio Lückemeyer, Dessau

1. Auflage 2024

ISBN 978-3-86761-186-2

Es ist Frühling. Unruhe und Neugier liegen in der Luft.
So auch im Stall der schneeweißen Stute.
Gemeinsam mit ihr erleben die Leser-innen den
ersten Sommer des Schwarzen Fohlens.
Nicht alles bleibt, wie es ist…

TEXT UND ILLUSTRATION
BIRGIT DAMMER

Es ist eine Nacht im März. Anfangs lief die schneeweise Stute unruhig in ihrer Box umher. In ihre Box schien der Mond und ließ erkennen, was gerade, in dieser Nacht geschah. Inzwischen hatte sich die schneeweiße Stute hingelegt. Am Hals war ihr weißes Fell schweißnass und dadurch dunkel. Mehrmals hörte man sie stöhnen und pressen. Dann war alles wieder ruhig.

Aber nun war die Stute in ihrer Box nicht mehr alleine. Sie hatte ein Fohlen geboren.

Hinter ihr im Stroh lag ein schwarzes Fohlen. Doch es war nicht ganz schwarz. Es hatte vier lange weiße Beine, einen großen weißen Fleck unter dem Bauch, und als es den Kopf hob, konnte man erkennen, dass auch im Gesicht des Fohlens dem Maler die weiße Farbe nicht ausgegangen war. Es hatte eine weiße Nase, von den Nüstern bis zur Stirn. Dazu leuchtete die Nase rosa zwischen den Nüstern, genau wie bei seiner Mutter, der schneeweißen Stute. An der Unterlippe hatte es einen rosafarbenen Fleck, durch den das Fohlen immer aussah, als ob es lachen würde. Ihn - denn es war ein Hengstfohlen - würde man immer wiedererkennen.

Nach nur wenigen Momenten stand das Fohlen auf seinen Beinen, wenn auch noch wackelig. Jetzt interessierte es nur noch eins. Ein ums andere Mal suchte es nach dem Euter der Stute. Die schneeweiße Stute schob das Fohlen immer wieder sanft in die richtige Richtung. Endlich hatte es das Euter gefunden und begann gierig die leckere Milch zu trinken.

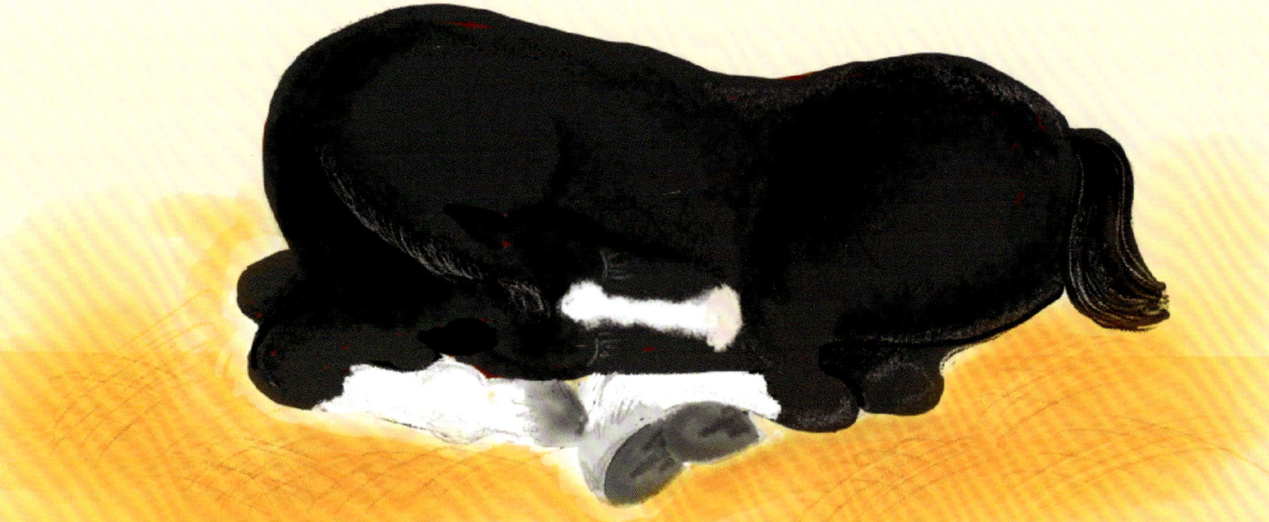

Dann legte es sich in das frische Strohbett und schlief ein.

Einige Zeit war seit der Geburt des Fohlens vergangen. Inzwischen sprang es lustig bockend durch die Box. Die schien für so viel Bewegung wahrlich zu eng.
Noch mehr, da jetzt die Sonnenstrahlen durch die offenen Stallfenster schienen, hier und da durch das Stroh huschten oder gar dm Fohlen auf der Nase kitzelten. Der kleine Hengst versuchte, die Sonnenstrahlen zu fangen, bis er müde war und sich für eine kurze Zeit ins Stroh legte. Doch auch dann strampelten seine langen, weißen Beine, als ob er selbst im Traum noch galoppierte.

In den letzten Tagen hatte sich der Geruch der Luft verändert. Durch die offenen Stallfenster kamen der Geruch des Frühlings, der Lärm der Spatzen und die Sonnenstrahlen in die Box. Das alles war dem Fohlen nun schon vertraut. Jetzt ging die Stalltür auf. Wie sehr hatte das Fohlen sich das gewünscht. Jetzt war es soweit. Beide Torflügel waren zur Seite geschoben und gaben den Weg auf die von der Frühlingssonne überflutete Wiese frei. Die schneeweiße Stute lief ohne Zögern hinaus. Das Fohlen jedoch, erst munter in der Box umher bockend, blieb abrupt im Ausgang stehen, seine Beine bocksteif in den Boden stemmend. Jetzt war dem Fohlen die Weite da draußen doch etwas zu groß, zu ungeheuerlich. Nein, es blieb lieber doch in der Box. Als seine Mutter das merkte, drehte sie sich um und ermunterte ihr Fohlen durch leises Rufen und durch ungeduldiges Scharren mit einem Vorderhuf, ihr doch nun endlich zu folgen.

Da nahm das Fohlen allen Mut zusammen und sprang mit einem großen Satz hinaus, raus aus der Box, in die Weite der Koppel.
Kaum draußen, rannten und bockten die schneeweiße Stute und ihr noch schwarzes Fohlen, Runde um Runde über die Koppel. Es war Frühling.

Die schneeweiße Stute und ihr Fohlen genossen den Frühling auf der der Koppel. Während die Stute ihre Nüstern ins Gras steckte, lernte ihr Fohlen die Welt auf der Koppel kennen. Wie schön war es doch, aus der Box hinaus auf die Koppel zu laufen. Man sah das Fohlen über die Koppel springen. Hier und da bezog es seine Mutter in seine Spiele mit ein. Es stellte sich auf die Hinterbeine, seine Vorderhufe auf den Rücken seiner Mutter. Dann wieder sprang es herunter und zog in wildem Galopp große Kreise um seine Mutter. Zum Schluss stärkte es sich mit einem großen Schluck Milch und ließ sich ins Gras fallen. Dort träumte es eine Weile, bis alles von vorne begann.

Der kleine Hengst genoss jeden Tag neu, die Weite der Koppel. Er genoss sie so sehr, dass er die Koppelzäune ignorierte. Ein ums andere Mal sprang er über die Zäune hinweg. Er schien förmlich über die Zäune zu fliegen. Dabei konnte man keinerlei Anstrengung erkennen, nur Spaß und Freude am Laufen und am Springen.

So vergingen die Tage, und der kleine Hengst wurde größer und stärker.
Noch etwas änderte sich in dieser Zeit. Wenn man das Fohlen genau ansah, konnte man in seinem schwarzen Fell viele weiße Haare entdecken. Nicht die, die für den weißen Fleck unter seinem Bauch oder für seine weißen Beine sorgten. Nein, diese weißen Haare waren neu. Hatte es geregnet, stand das Fohlen an einer der dann zu findenden Pfützen und betrachtetet sich darin. Sein eigentlich schwarzes Gesicht hatte um die Augen große weiße Flecken bekommen. Zwei große Kreise aus weißen Haaren bildeten eine Brille um die Augen des Fohlens. Auch Mähne und Schweif waren grau geworden. Zuerst versuchte das Fohlen, die grauen Haare mit den Hufen abzukratzen. Das gelang natürlich nicht. Sie wollten und wollten nicht wieder weg gehen. Im Gegenteil, es wurden mit der Zeit immer mehr. Daraufhin nahm das Fohlen Anlauf, rannte los und sprang mit Getöse in die nächste Pfütze. Dann wälzte es sich ausgiebig darin, bis alle Haare unter einer dicken Schlammschicht verschwunden waren und die Farbe des Schlammes angenommen hatten. Es wollte nicht voll Schlamm sein, aber grau, wie ein altes Pferd erst recht nicht! Es wollte so weiß sein, wie seine Mutter.
Ach, wenn der kleine Hengst doch so weiß wie sie sein könnte!

Am Anfang war es gleich, ob schwarz oder grau. Ob er Flecken hatte, wie lang seine Mähne war. Er liebte sein Leben, die Weite der Koppel, die Zäune über die er sprang, den Wind. Am meisten jedoch liebte er seine Mutter. So schön, so schneeweiß wie sie war, so wollte auch das Fohlen gerne aussehen. Das fehlte zu seinem Glück.
Aber jetzt, wo es noch nicht einmal mehr schwarz war…
Grau wie ein Esel sah sein Fell jetzt aus. Er würde sich vor allen verstecken müssen.

Allein der Spaß am Laufen und Springen blieb. Dabei vergaß das Fohlen seine Tränen, es vergaß seine graue Farbe, die immer mehr zunahm. Es vergaß selbst das Gelächter der anderen und auch die Rufe der Kinder, wenn sie an der weiten Koppel vorbei kamen und das nun graue Fohlen entdeckten. Auf der Koppel zählte nur eins. Wie hoch konnte es springen? Wo war der nächste Zaun, eine Hecke, ein Baumstamm. Alles nutze das Fohlen als Herausforderung, um seine Sprungkraft, seine Geschmeidigkeit und sein Geschick zu testen. Mit jedem weiteren Galopp, mit jedem weiteren Sprung trainierte es seine Muskeln.

So, wie seine Sprünge größer und weiter wurden, sein Fell grauer, so verging die Zeit.
Aus dem schwarzen Fohlen war inzwischen ein grauer junger Hengst geworden. Eins hatte er noch immer: Lange weiße Beine, einen weißen Fleck am Bauch, den man auch auf dem nun grauen Fell noch immer erkennen konnte, die rosafarbenen Nüstern und den Fleck an der Unterlippe, auch dieser war weiterhin deutlich zu sehen. Seine weiße Nase dagegen, erkannte man kaum mehr in dem jetzt grauen Gesicht.

Seine Mutter hat ihm oft gesagt: „Schäme dich nicht wegen deines Aussehens. Die Zeit wird bringen, in welchem ‘Kleid’ du eines Tages über Gräben, Mauern und Wälle springst.”
Noch verstand er nicht, was sie damit meinte und dachte, sie wollte ihn nur trösten.

Der Sommer neigte sich zu Ende. Die Blätter an den Bäumen und auch an den Hecken, über die der junge Hengst so gerne sprang färbten sich bunt. Eines Tages kam ein Mann, den er schon oft an seiner Koppel gesehen hatte, mit einem Halfter in der Hand. Der Mann pfiff leise nach ihm. Der junge Hengst drehte sich zu ihm um und ging nach einem erneuten Pfiff des Mannes, mit gespitzten Ohren auf ihn zu. Der Mann legte ihm das mitgebrachte Halfter an. Der junge Hengst lies es ruhig geschehen. Daraufhin nahm der Mann die Führleine fest in die Hand, öffnete die Koppel und lief mit dem jungen Hengst davon. Er hielt nicht an. Er führte ihn weiter und weiter, bis seine Mutter, die schneeweiße Stute, die Koppel und auch der Stall, in dem er bis jetzt aufgewachsen war, außer Sichtweite waren.
Das Rufen des jungen Hengstes, nach seiner Mutter, verhallte im leisen Rauschen der herbstlichen Blätter der Bäume.

Der junge Hengst verstand noch nicht, dass das jetzt der Abschied von seiner Kindheit war. Ein Abschied für Immer?
Mit dem Sommer ging die gemeinsame Zeit mit seiner Mutter, der schneeweißen Stute zu Ende. In seinem ersten Sommer war er von einem schwarzen Fohlen zu einem stattlichen jungen Hengst herangewachsen. Es würde wohl noch ein Sommer vergehen, bis der junge Hengst sein Fell von grau zu weiß gewechselt haben würde. Dann ist sein Traum erfüllt, so schneeweiß wie seine Mutter zu sein. Aber man wird ihn nicht nur an seinem glänzenden, schneeweißen Fell erkennen. Noch immer sieht man die rosafarbene Unterlippe, die ihn aussehen lässt, als ob er lachen würde.

Ihr wollt wissen, wie es weitergeht? Dann dreht das Buch einfach um und lest die Fortsetzung der Geschichte!

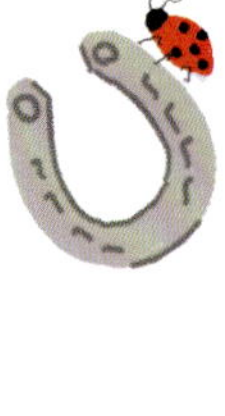

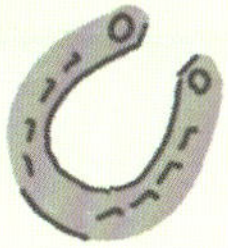

FOHLENRENNEN

Würfelspiel für bis zu sechs Mitspieler / +4

Spielfiguren / Würfel

Spielregeln:
Es können beliebig viele Spieler*innen teilnehmen, solange Spielfiguren vorhanden sind.
Die Spieler würfeln jeweils in derselben Reihenfolge. Entsprechend der Punktzahl des Würfels rückt der Spieler seine Spielfigur in Pfeilrichtung nach vorn.
Die Ereignisfelder sind entsprechend ihrer Bedeutung zu beachten.
Gewonnen hat der Spieler, der als erster seine Spielfigur im Ziel (große Koppel) platzieren kann.

Start: Der Stall
Kommt ein Spieler auf dieses Feld, muss er zurück zum Anfang.

Ziel: Die große Koppel
Das Ziel kann man nur mit der genau passenden Punktzahl erreichen.

Spielfeld - es werden die gewürfelten Punktzahlen gesetzt.

Das Fohlen schläft - eine Runde aussetzen.

Frühlingsglück - Der Spieler darf ein weiteres Mal würfeln.

Sprung über die Hürde. Der Spieler darf die gleiche Punktzahl noch einmal setzen.

Der Zaun ist gebrochen - 2x aussetzen

Das Hindernis ist viel zu hoch - der Spieler muss warten, bis der nächste Spieler ihn überholt hat.

"Nicht ohne Mutter" - die Spielfigur wird zwei Felder zurückgesetzt.

Nicht ablenken lassen - würde man dieses Feld erreichen, muss man seine Figur um die gewürfelte Punktzahl zurücksetzen.

Hier kannst du dir die Spielfiguren ausschneiden und zusammenbasteln. Wenn du das Buch nicht zerschneiden willst, kannst du auch normale "Mensch-ärgere-dich-nicht"-Figuren verwenden.

FOHLENRENNEN

Am nächsten Tag kam sein Reiter wie gewohnt zu ihm in den Stall. In der Hand hielt er die neueste Tageszeitung. Er hielt Cold Wings die Titelseite vor die Nüstern, als ob der lesen könnte und sagte „schau“- nichts weiter.

Dann las er laut vor „Cold Wings, der schneeweiße Hengst, Sieger im Großen Preis.“

Auf dem Foto war Cold Wings zu sehen, inzwischen schneeweiß, mit offener silbern glänzender Mähne und mit dem rosafarbenen Fleck an seiner Unterlippe, die ihn aussehen ließ, als ob er lachen würde.

Auf einer Decke, die ihm ebenfalls aufgelegt wurde und auf dem Kranz stand in goldenen Buchstaben „DEM SIEGER IM GROßEN PREIS“.

Stolz, mit wehender weißer Mähne galoppierte er an der Spitze der Ehrenrunde. Die Menschen riefen seinen Namen. Sein Traum war in Erfüllung gegangen.
„Cold Wings - Sieger im Großen Preis“.

Dann, auf einmal, kamen sie mit einem großen goldglänzenden Kranz, den sie Cold Wings umlegten.

Auf dem Vorbereitungsplatz schnaufte Cold Wings aus. Sein Reiter aber schien freudiger als sonst. Viele andere Menschen kamen und klopften seinem Reiter auf die Schulter. Der eine oder andere klopfte auch Cold Wings am Hals.

Die ihm vertraute Hand am Hals. Ein leises Wort in seinem Ohr-„komm Junge!“
Ja, sie beide zusammen, sie schaffen das.
Die Startglocke ertönte. Cold Wings galoppierte los, war am, nein über dem ersten Hindernis und weiter ging es. Sprung zwei und drei, dann schon die nächsten Hindernisse. Jetzt kam der große Wassergraben. Mit einem gewaltigen Satz, ganz sicher, sprang Cold Wings fast spielerisch leicht hinüber. Keine Stange berührte er im Parcours und auch das weiße Band am Wassergraben überflog Cold Wings mit Leichtigkeit. Noch ein Hindernis bis zum Ziel. Das letzte Hindernis, die große rote Mauer. Auch über die Mauer flog Cold Wings fehlerfrei.
Während Cold Wings mit seinem Reiter über die Ziellinie galoppierte, jubelten die Menschen rund um den Parcours ihnen entgegen.
Sein Reiter flüsterte ihm ins Ohr: „Toll gemacht, mein Junge...“

Eine Herausforderung fehlte noch. Heute wollte er über den großen Wassergraben springen. Dieses Mal wäre auch der Wassergraben nur ein Hindernis und würde ihn nicht mehr verunsichern.
Dieses Mal…!

Inzwischen war es Hochsommer geworden. Cold Wings und sein Reiter waren gemeinsam auf einigen Turnieren gestartet. Keine Stange war seit dem Fehler am Wassergraben gefallen. Die Menschen auf den Turnieren kannten Cold Wings und schauten jedem Start des jungen Hengstes und seines Reiters erwartungsvoll entgegen. Ein ums andere Mal jubelten sie dem jungen Hengst mit der wehenden weißen Mähne zu, wenn er mit Leichtigkeit über die Sprünge flog. Dabei wurden die Hindernisse von Mal zu Mal höher.

Bevor sein Reiter den Stall verließ, kam er noch einmal in die Box von Cold Wings zurück. Er schüttete frisches Wasser in den Eimer und in die Krippe schaufelte er goldgelben Hafer.
Ein letztes Klopfen am Hals, ein letztes Mal murmeln: „Gut gemacht... jetzt sind wir soweit..."
Dann ging er davon.

Zufrieden schlenderten Cold Wings und sein Reiter vom Trainingsplatz zurück in die Box. Sein Reiter pfiff dabei immer wieder unvermittelt vor sich hin, und auch ein Schmunzeln huschte mehrmals über sein Gesicht.

So übten die beiden Tag für Tag.
Eine Runde nach der anderen sprangen, nein flogen sie über Oxer, Rick und Tripplebarre. Keine Stange berührte Cold Wings. Eine letzte Aufgabe wollten Sie heute üben. Den großen Wassergraben. Wieder legte sein Reiter seine Hand an den inzwischen vom Schweiß nassen Hals. Er klopfte Cold Wings sanft und flüsterte dann in das Ohr des Hengstes: „Komm, mein Junge, wir zwei zusammen.“ Dann spornte er den jungen Hengst noch einmal an, und schon waren sie am und dann über den Graben hinweg gesprungen.
Ein kleiner Pfiff kam zwischen den Lippen seines Reiters hervor: „Toll! So ist es, wenn wir fliegen!“

Da war der Wassergraben vergessen, die Freude kehrte zurück. Ein Blitzen in den Augen des jungen Hengstes verriet, wie sehr er sich auf das freute, was jetzt kam.
Galoppieren, Springen, Fliegen - das war seine Welt.

Die Boxentür ging auf. Cold Wings drückte sich noch etwas weiter in die Ecker der Box. Dann fühlte er die ihm vertraute, warme Hand an seinem Hals. Und er hörte die ihm vertraute Stimme leise sagen: „Na, was war los? Du brauchst dich nicht zu sorgen. Beim nächsten Mal schaffen wir den Wassergraben. Lass uns gleich noch etwas üben. Du wirst sehen, wir zwei kriegen das hin. Eines Tages werden wird den Großen Preis gewinnen.

Damit legte er den Sattel auf den Rücken von Cold Wings, sagt: „Nun komm - üben wir weiter", und führte Cold Wings aus der Box hinaus.

Zurück in seinem Stall schämte er sich noch immer.
Mit gesenktem Kopf stand er in der Ecke. Cold Wings traute sich kaum, zur Tür zu schauen, als er die vertrauten Schritte seines Reiters hörte. Dabei freute er sich eigentlich immer darauf, wenn er kam. Bedeutete es doch, gemeinsam zu galoppieren, zu springen, zu fliegen. Diese gemeinsame Zeit war so schön.
Aber jetzt, nachdem er seinen Reiter in den Wassergraben geworfen hatte... Er war sicher verärgert. Was würde er sagen? Würde er überhaupt noch mit ihm galoppieren, springen, fliegen wollen?

Cold Wings schämte sich furchtbar. Er hatte seinen Reiter stolz machen wollen und selbst hatte er vom großen Erfolg geträumt. In der Ehrenrunde hatte er vorne weg galoppieren wollen. Jetzt aber wurde er hinaus geführt. Ihm und seinem Reiter tropfte das Wasser, was eigentlich im Wassergraben sein sollte, aus allen Haaren.
Warum nur?
Als er zum Wassergraben galoppierte, im letzten Moment, als er eigentlich abspringen wollte, sah er sein Spiegelbild im Wasser aufblitzen. Plötzlich erinnerte er sich an seine Zeit als Fohlen. Als er sich in den Pfützen, auf der Koppel sehen konnte. Er erinnerte sich an sein graues Spiegelbild und wie er sich geschämt hatte. Konnte das noch immer so sein?

Um nicht ganz im Wasser zu landen, machte er seinen Rücken ganz rund und hielt seinen Kopf ganz dicht und tief über den Boden, sodass auch seine Nüstern das Wasser berührten.
Dann war ein deutliches „Platsch“ zu hören. Cold Wings wurde von einem Wasserschwall übergossen.
Durch das plötzliche Bremsen war sein Reiter im Wassergraben gelandet.
Er sah nicht glücklich aus, wie ihm das Wasser von seiner Kappe und aus dem Reitanzug tropfte.

Frisch geputzt, die Hufe gefettet, gesattelt und natürlich mit angelegter Trense - so wartete Cold Wings auf seinen Reiter. Oh wie war er aufgeregt. All den Menschen, die hier auf dem Turnier unterwegs waren und all den anderen Pferden würde er zeigen, wie er springen, nein fliegen kann. Er würde seinen Reiter stolz machen und dann die Ehrenrunde anführen. Es wird ein toller Tag werden. Ungeduldig hielt er nach seinem Reiter Ausschau.

Heute kam sein Reiter ungewöhnlich früh. Und er hatte eine Menge Dinge dabei.

Wie gewohnt legte er Cold Wings das Halfter an. Dann begann er die inzwischen Silber schimmernde Mähne des Hengstes zu bürsten. Als er eine Haarsträhne nach der anderen nahm und sie einzuflechten begann, schüttelte sich Cold Wings wieder und wieder. Schließlich gab sein Reiter ihm einen leichten Klaps auf den Hals. „Hab´s verstanden, die Mähne bleibt offen…“ Dabei lächelte er und schien selbst froh mit seiner Entscheidung zu sein.

Sattel und Trense glänzten frisch geputzt. Gab es etwas, was Cold Wings noch nicht wusste?

Im selben Moment sagte sein Reiter: „Heute kannst du zeigen, was du gelernt hast. Wir fahren aufs Turnier.“

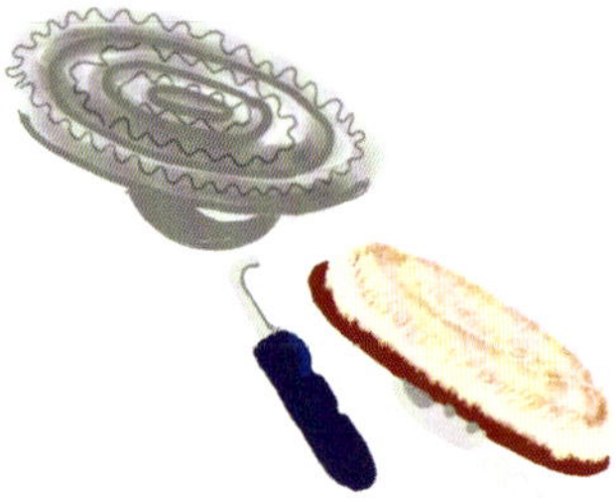

So vergingen die Tage mit Training und Ausflügen. Cold Wings und sein Reiter lernten sich immer besser kennen. Kaum brauchte sein Reiter Worte, dass Cold Wings ihn verstand, und seinem Reiter genügte ein Blick, um zu wissen, wie sein vierbeiniger Freund sich fühle.
Da gab es ohnehin keine Frage. Für den jungen Hengst gab es nichts Schöneres, als gemeinsam mit seinem Reiter über die Hindernisse zu fliegen.

Als er so den anderen zuschaute, hörte er ihm vertraute Schritte näher kommen. Das war sein Reiter.
Den Sattel locker über dem Arm, in der Hand die Trense. Toll! Er kam nur zu ihm. Zielstrebig ging er auf die Box mit dem schönen neuen Schild zu, auf dem mit glänzenden Buchstaben „Cold Wings“ stand. Ja, das ist sein Name. Das Schild hatte sein Reiter, kurz nachdem er ihn in diesen Stall gebracht hatte, angeschraubt und ihm seinen Namen ins Ohr geflüster: „Cold Wings.“

Cold Wings konnte direkt auf den Trainingsplatz mit seinem weißen Sand schauen. Darauf standen viele bunte Hindernisse. Mehrere Pferde sprangen unter ihren Reitern elegant über sie hinweg. Auch er hatte inzwischen gelernt, einen Reiter zu tragen.

Sein Reiter war jener junge Mann, der ihn damals als Fohlen auf der Koppel beobachtet hatte und ihn dann aus dem Stall, in dem er geboren wurde, abgeholt und fortgeführt hatte.

Jetzt, im Frühling, erinnerte er sich an den Duft der großen Koppel, an das Galoppieren, an die Sprünge, die ihm so viel Freude gemacht hatten.
So in Gedanken versunken, schaute er aus dem Stallfenster und ließ sich die Frühlingssonne auf die Nüstern scheinen. Vieles war wie damals. Vor seinem Fenster war nun aber nicht mehr die große Koppel.

Er hatte sich in den neuen Stall eingelebt und fühlte sich inzwischen sehr wohl.

Wieder wurde es Frühling. Nicht der erste seit dem Umzug des jungen Hengstes aus dem Fohlenstall.

Anfangs hatte er noch oft gerufen. Danach stand er lauschend da, ob nicht doch das vertraute Wiehern seiner Mutter, der schneeweißen Stute zu hören war. Doch er hoffte vergebens.

Nur die zänkischen Spatzen stritten auch hier laut. Sonst aber blieb es still.

Nach dem ersten Sommer auf den Koppeln, mit
seiner Mutter
Der schneeweißen Stute, ist der junge Hengst in
einen neuen Stall gezogen.
Als junger Hengst erlebt er eine spannende Zeit,
mit seinem Reiter, auf dem Weg zu großen
Zielen und Träumen.

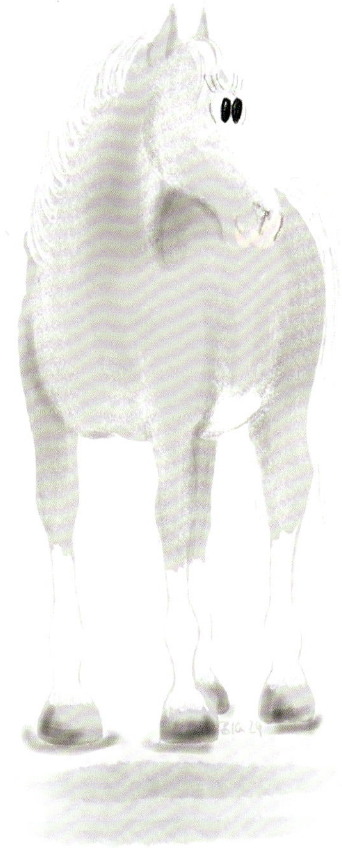

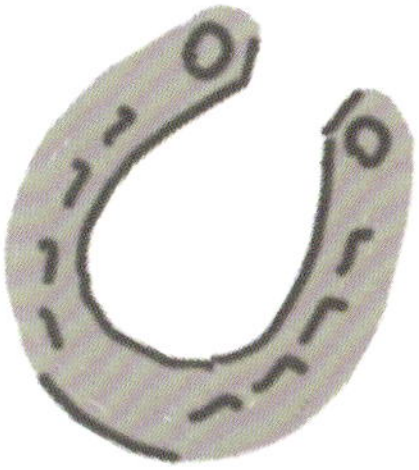

Birgit Dammer

Cold Wings II

Der Weg zum Erfolg

Machtwortverlag